悦会 唐诗

安卓卡通 编

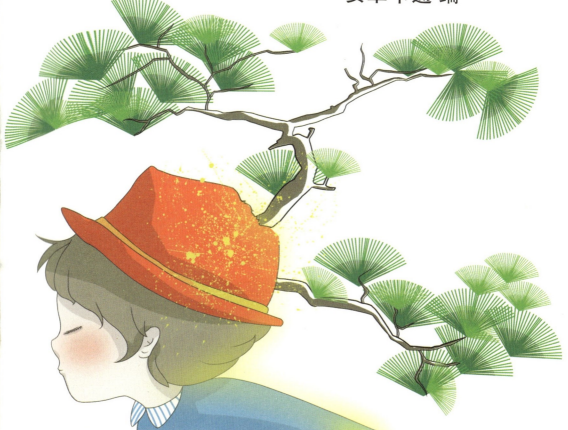

风花雪月 |兰香|

陕西新华出版传媒集团

三秦出版社

图书在版编目（CIP）数据

风花雪月.兰香 / 安卓卡通编.
—西安：三秦出版社，2015.1（2020.5重印）
（悦绘唐诗系列）
ISBN 978-7-5518-0395-3

Ⅰ.①风… Ⅱ.①安… Ⅲ.①唐诗—诗歌欣赏
Ⅳ.①I207.22

中国版本图书馆CIP数据核字（2012）第312286号

风花雪月·兰香

责任编辑 韩星
美术设计 安卓卡通
出版发行 陕西新华出版传媒集团 三秦出版社
社　　址 西安市雁塔区曲江新区登高路1388号
电　　话 （029）81205236
邮政编码 710061
印　　刷 天津奥丰特印刷有限公司
开　　本 787mm×1092mm　1/16
印　　张 4.5
字　　数 7千字
版　　次 2015年1月第1版
　　　　　　2020年5月第2次印刷
标准书号 ISBN 978-7-5518-0395-3
定　　价 19.80元

网　　址 http://www.sqcbs.cn

花季绘：妙不可言的唐诗体验

——代序言

如果抛开表达的方式，仅从感知世界这个层面来讲，艺术是相通的，所以就有了通感的存在。作为语言文字的艺术，好的诗歌同样也能突破语言、文字这些载体的束缚，给我们带来更为通透、更为丰富、更为生动的跨感官的审美享受。唐诗，在东方大地上空飘荡千年的行吟歌声就是经典的审美个案，她至今仍能给我们带来丰富的审美感受和强大的审美冲击！

唐诗，是中国的，更是世界的；是传统的，但不是固步自封的。我们不仅能感受唐诗语言文字之美、音律节拍之美，更想去分享诗人的心底境遇。每一首唐诗在我们的眼里犹如一段赏心悦目的短片。千年以来，人们对唐诗的呈现更多的是极力再现、还原诗人最初创作场景以及原始冲动，忽略读者的主观感受。翻阅演绎唐诗的各种版本也都是照搬、重现唐诗风情画面。我们对唐诗仅止于目睹诗人作诗而自己袖手旁观吗？这样，我们做这套书的意义就凸显了。

我们应该主观地体验唐诗，而不是被拘泥在一个小小的框里，"花间一壶酒"的酒非要是花雕、竹叶青之类的古酒吗？一杯茅台甚至洋酒，不可以吗？读诗非要宽袍大袖、古风十足才行吗？女人不能读李白的诗吗？洋人不能学习王维的诗吗？唐诗是不朽的，纵情奔放，若天马行空，任何禁锢它的想法都只是妄念，我们设定的读者主体是花季少女，陶冶情操、培养气质。所以，我们摒弃传统表现，即把唐诗的诗意或情节以简单故事漫画形式直白地表达出来，而是用最能体现心理状态又充满美感的手绘形式来展现，把唐诗变成了绘本，给每个人感受唐诗的机会，既完美地阐释了唐诗的意境，又符合现代人的审美特征，让唐诗不再高高在上，而能抒情达意，甚至成为一种时代潮流，引领时尚。把传统和时尚完美地结合起来，使得唐诗实现了一次跨越时空的审美穿越。

以往版本的唐诗是对传统的追溯，这套书更关注读者的自由思维、发散想象。这是我们备受压力的原因，更是本书的亮点。宁愿华丽转身，别开生面，赋予它新的意义和使命，也不再老调重弹。相信《悦绘唐诗》是绝佳的视觉盛宴，更是美妙的心灵之旅。

碧山鹤影……01

惊飞远映碧山去，一树梨花落晚风。

——《鹭鸶》

碧山鹤影

Bi Shan He Ying

小 松

杜荀鹤

自小刺头深草里①，
而今渐觉出蓬蒿②。
时人不识凌云木，
直待凌云始道高。

☀**注解**

①刺头：指小松又直又硬，像个直立的矛头直刺天空。

②蓬蒿：即蓬草、蒿草，草类中长得较高的种类。

☀**诗意**

　　小松刚出土时小得被淹没在草丛里，但它虽小却并不弱，顶着满头松针一个劲地向上长，很快就比蓬蒿都高了。那些目光短浅的人不会把小松看成栋梁之才，一直到长成大松了才发现它的非凡。

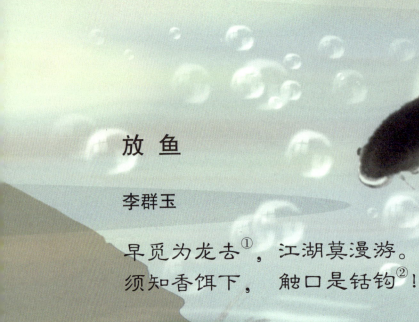

放 鱼

李群玉

早觅为龙去[1]，江湖莫漫游。
须知香饵下， 触口是钻钩[2]！

注解

①为龙：《水经注·河水》记载有鲤鱼跳龙门的故事。
②触口：这里借指有诱惑力的鱼饵。铦（xiān）：锋利。

诗意

　　小鱼啊，我把你放入黄河里是希望你早日化为飞龙，能自由自在地生活，不要到江水湖泊里乱游、乱逛。你知道吗？那些诱人的鱼饵下都有锋利的鱼钩！

裴迪书斋望月

钱起

夜来诗酒兴，　月满谢公楼[1]。
影闭重门静，　寒生独树秋。
鹊惊随叶散[2]，　萤远入烟流。
今夕遥天末，　清光几处愁[3]。

※ 注解

①谢公楼：谢公楼，晋时谢庄写过著名的《月赋》，这里借指裴迪的书斋。
②鹊惊随叶散：本句出自曹操《短歌行》中"月明星稀，乌鹊南飞。绕树三匝，何枝可依"。
③清光：月光。

诗意

　　几个朋友聚在一起饮酒吟诗，不知不觉中，夜色渐浓，月亮升起来了，月光洒满了庭宇和楼台，此时才发现庭院的层层门户早已关闭，周围一片安静。一阵清风吹来，枝叶沙沙，引发无限寒意。乌鹊受惊，扑刺刺猛然飞起，震落了片片秋叶，萤火虫也飞远了……在这样清冷、淡然的月光下，我深深怀念同一月光下的各个地方的亲戚朋友。

忆 梅

李商隐

定定住天涯^①，
依依向物华。
寒梅最堪恨^②，
长作去年花。

☀ **注解**

①定定：唐时俗语，类今之"牢牢"。天涯：此指梓州。

②寒梅：早梅，多于严冬开放。作者作此诗时已值春季，故云"忆梅"。

☀ **诗意**

　　永远地钉死在这异乡的土地上，永远摆脱不了这浪迹天涯、独居异乡的命运。眼前美好的春天景物，让我无限依恋，流连忘返。在寒冷的初春开放的梅花啊，最让人遗憾、怨恨啊。在百花盛却早已凋谢，只能做过时的花，不能与百花共享春天的温暖。

落 花

李商隐

高阁客竟去①，小园花乱飞。
参差连曲陌②，迢递送斜晖③。
肠断未忍扫， 眼穿仍欲稀。
芳心向春尽， 所得是沾衣。

☀ **注解**
①竟去：先后离去。
②曲陌：曲径。
③迢（tiáo）递：遥远。斜晖：落日，夕阳西下。

☀诗意

　　傍晚，我站在高阁上目送渐渐走远的客人，看着空中随风飘散的片片落花，不禁倍感孤单寂寞。它们四处纷飞，有的落在园子里的小路上，有的还在不断飘向远方。我多希望它们不要再落、不要再飘。可是，枝上残留的花朵却越来越稀……花朵用生命装点了春天，无私地奉献出自己的一片芳心，最终却落得个凋零残破、沾人衣裾的凄凉结局啊！

11

杨柳枝词

白居易

一树春风千万枝，　嫩于金色软于丝。
永丰西角荒园里①，　尽日无人属阿谁②？

①永丰：坊名，在唐时东都洛阳。
②阿谁：何人，谁人。

☀ 诗意
　　春风吹拂，千丝万缕的柳枝随风起舞，和煦的阳光中，柳枝绽出细叶嫩芽，远远望去一片嫩黄，细长的柳枝随风飘荡，仿佛比丝缕还要柔软。这样美好的一株垂柳，却生长在人迹罕至备受冷落的地方，又有谁会来欣赏呢？

江行无题（百首选一）

钱珝

咫尺愁风雨①，
匡庐不可登②。
只疑云雾窟，
犹有六朝僧。

☀注解
①咫尺：形容距离很近。
②匡庐：即指庐山。

☀诗意
　　船至庐山脚下，却为风雨所阻，不能登山。仰望高峰峻岭，云雾缭绕，这一副奇幻莫测的景象，不能不使诗人浮想翩翩：那匡庐深处，烟霞洞窟，也许仍有六朝高僧在隐身栖息吧。

咏露珠

韦应物

秋荷一滴露，
清夜坠玄天①。
将来玉盘上②，
不定始知圆③。

☀注解
①玄天：青天，这里指天空。
②将来：拿来，这里是放在。
③不定：这里指不稳定，不固定，滚来滚去。

☀诗意
　　秋日的荷叶上凝着一滴晶莹的露珠，那是暗夜里从天空坠落下来的。把它放在荷叶上，露珠滚来滚去，才知道原来它是圆的。

画 鹰

杜甫

素练风霜起[1]，苍鹰画作殊[2]。
攫身思狡兔，侧目似愁胡[3]。
绦镟光堪摘[4]，轩楹势可呼[5]。
何当击凡鸟[6]，毛血洒平芜。

🔆**注解**

①素练：画鹰时所使用的白绢。
②画作：画中作势。
③攫（sǒng）：通"耸"，挺立，直立。愁胡：一指发愁发怒的猿猴，一指胡人，因为胡人为碧眼，所以这样比喻。
④镟：指转轴，这里是说用绦绑住鹰足系于镟上。
⑤轩楹：画鹰所处的位置。
⑥何当：何时才能。

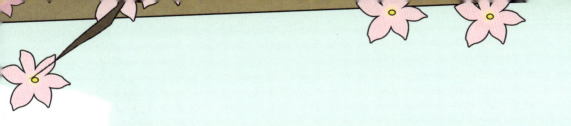

☀诗意

　　白绢上像有肃杀的风霜，那上面所画的苍鹰气势非凡。它身体耸立想攫取狡兔，侧目好似猢狲环顾，系着它的绳子和铜环闪闪发光，好像是真的一样，从窗外隔着窗户看，它也逼真得仿佛正在等待主人呼唤着去打猎。何时让这样卓然不凡的苍鹰展翅搏击，将那些"凡鸟"的毛血洒落在原野上？

江 梅①

杜甫

梅蕊腊前破，　梅花年后多。
绝知春意好，　最奈客愁何。
雪树元同色②，　江风亦自波。
故园不可见③，　巫岫郁嵯峨④。

✿注解

①江梅：即指江边之梅。
②元：通"原"，本来。
③故园：旧家园，指故乡。
④巫岫（xiù）：指巫山峰峦。

✿诗意

　　梅花在腊月前就绽放了，年后开得更多，寒梅吐蕊、梅花绽放的春景，固然美好，可是寄居他乡的愁苦却令人无奈。放眼望去，江边的梅与雪相映，一样银白；江风吹动江水，泛起阵阵波浪。但是，故园何在？归舟何在？我极目眺望家园，只见远方的巫山高耸入云，遮断了望乡的视线。

猿

杜 甫

袅袅啼虚壁[1]，　萧萧挂冷枝[2]。
艰难人不见，　隐见尔如知[3]。
惯习元从众，　全生或用奇[4]。
前林腾每及，　父子莫相离。

✹ 注解
①袅袅：这里形容猿啼声悠长。
②萧萧：这里形容猿猴孤零零倒挂。
③隐见：或隐或现。
④全生：保全自身，保全性命。

✹ 诗意
　　它们有时啼叫着越过悬崖峭壁，有时会孤零零地倒挂在树枝上，像这样时隐时现，很少有人能清楚地看到它们的全貌。猿是群生动物，可能要用意想不到的方法来保全自身，它们无论腾跃、移动到哪个地方，父母和孩子都会紧紧地依偎在一起。

咏绣障

胡令能

日暮堂前花蕊娇，
争拈小笔上床描。
绣成安向春园里，
引得黄莺下柳条②。

⚜ 注解

①绣障：刺绣屏风。
②下柳条：从柳树枝条上飞下来。

⚜ 诗意

　　天色将晚，堂屋前面的花朵开放得鲜艳美丽，这一景致，引动了几位绣女，她们拿着描花的彩笔，精心地把花朵描在绷着绣布的绣架上。绣女们把绣成的屏风摆放在春天的花园里，因绣得精巧逼真，竟引逗得黄莺飞下柳条，向着绣障中的花间飞来，在真花假花之中欢啼。

小儿垂钓

胡令能

蓬头稚子学垂纶^①，
侧坐莓苔草映身。
路人借问遥招手^②，
怕得鱼惊不应人。

✿注解
①垂纶：钓鱼。纶：钓鱼用的丝线。
②借问：向人打听。

✿诗意
　　一个头发蓬乱的小孩在河边学钓鱼，侧着身子坐在草丛中，野草掩映了他的身影。听到有过路的人问路，连忙远远地摆了摆手，生怕惊动了鱼儿，不敢回应过路人。

夜下征虏亭①

李白

船下广陵去， 月明征虏亭。
山花如绣颊②， 江火似流萤③。

☀ **注解**

①征虏亭：据《建康志》记载，征虏亭在石头坞，建于东晋，是金陵的一大名胜。
②绣颊：亦称绣面，或花面，唐人风俗，少女妆饰面颊。
③流萤：夜晚飞舞的萤火虫。

☀ **诗意**

　　坐上小舟往广陵去，回首仰望征虏亭，只见那高高的古亭在月光映照下，轮廓格外分明。那征虏亭畔的丛丛山花，在朦胧的月色下，绰约多姿，好像一群天真烂漫的少女伫立江头，为诗人依依送别。那江上的渔火和江中倒映的万家灯火，星星点点，闪闪烁烁，迷迷茫茫，像无数萤火虫飞来飞去。

忆东山二首①（其一）

李白

不向东山久，蔷薇几度花。
白云还自散，明月落谁家。

❀ 注解

①东山：东晋著名政治家谢安曾经隐居之处。据施宿《会稽志》载：东山位于浙江上虞县西南，山旁有蔷薇洞，相传是谢安游宴的地方；山上有谢安所建的白云、明月二堂。

❀ 诗意

很久没有再去东山了，东山的蔷薇洞里的蔷薇开过几次花呢？悠悠白云，自由自在，随意来去。今夜东山明亮的月光会照耀着谁呢？

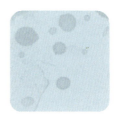

留连戏蝶时时舞，自在娇莺恰恰啼。

——《江畔独步寻花七绝句》（其六）

蝶舞莺啼

Die Wu Ying Ti

山亭夏日

高 骈

绿树阴浓夏日长，
楼台倒影入池塘。
水晶帘动微风起①，
满架蔷薇一院香②。

☀ 注解

①水晶帘：指池塘的水面。
②蔷薇：花名。夏季开花，有红、白、黄等色，美艳而香。一种观赏性植物，它的茎长似蔓，须建架供其攀援生长。

☀ 诗意

夏天了，绿叶茂盛，树荫下格外清凉，白昼比其他季节要长，楼台的影子倒映在清澈的池水里。微风吹过，水波荡漾起来，满架的蔷薇开出了美丽的花，随风飘来它那沁人心脾的香味。

井栏砂宿遇夜客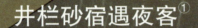①

李 涉

暮雨潇潇江上村，
绿林豪客夜知闻②。
他时不用逃名姓，
世上如今半是君。

☀**诗意**
　　这个小村子傍晚的时候风雨潇潇，遇到的绿林好汉竟然也知道我的名字。我本打算将来隐居避世，逃名于天地间，看来也不必了，因为连你们这些绿林豪客都知道我的姓名，更何况人世间多半都是你们这样的人呢！

淮阴行五首（其四）

刘禹锡

何物令侬羡^①？羡郎船尾燕。
衔泥趁樯竿^②，宿食长相见。

注解
①侬：我。
②樯竿：桅杆。

诗意
　　什么东西使我羡慕？我羡慕丈夫船尾的燕子。燕子能随船飞行，在樯竿上停留，自己丈夫无论是宿夜还是进餐，它天天都能见到。

38

房兵曹胡马①

杜甫

胡马大宛名②，锋棱瘦骨成③。
竹批双耳峻④，风入四蹄轻。
所向无空阔，真堪托死生。
骁腾有如此⑤，万里可横行。

注解

①兵曹：兵曹参军的省称，是唐代州府中掌管军务、驿传等事的官员。
②大宛（yuān）：汉代西域国名，在今乌兹别克斯坦境内，盛产良马。
③锋棱：锋利的棱角。形容马的神骏健悍之状。
④竹批双耳峻：竹批，形容马耳尖如竹尖。双耳峻，马耳如刀削斧劈一般锐利。
⑤骁(xiāo)腾：健步奔驰。

诗意

　　房兵曹的马是著名的大宛马，瘦骨嶙峋，好比刀锋。两耳尖锐，如同削竹；四蹄轻快，犹如劲风。所向之地，空阔广漠；不怕险阻，可托生死。有如此健壮、如此奔腾快捷的良马,足可横行万里之外。

蒹葭[1]

杜甫

摧折不自守[2]，秋风吹若何[3]。
暂时花戴雪，几处叶沉波。
体弱春风早，丛长夜露多。
江湖后摇落[4]，亦恐岁蹉跎。

☀注解
①蒹葭：没有长穗的、初生的芦苇。
②摧折：折断。
③若何：怎么办。
④摇落：凋残，零落。

☀诗意
　　芦苇长得又细又长，一副弱不禁风的样子，被疾风吹倒、吹折了怎么办？短时间内它们头顶着如雪的白花随着水波荡漾而浮浮沉沉，又早早经过春风的催生和夜露的侵袭就凋谢了，生长在大江边湖泊中芦苇到了秋天才凋谢，大概是怕白白浪费光阴吧。

江畔独步寻花七绝句①（其五）

杜 甫

黄师塔前江水东②，春光懒困倚微风。
桃花一簇开无主③，可爱深红爱浅红？

☀**注解**

①江畔：指成都锦江之滨。
②黄师塔：某位黄姓和尚的墓地。
③开无主：无人照料，独自开放。意指野外之桃，不属于人。

☀**诗意**

　　黄师墓地前的锦江水向东流去，在这个暖暖的春日，和风拂面，阳光的温柔眷顾让人浑身舒服而慵懒。忽然看到野外一丛盛开的桃花美极了，却使人不知爱深红的好，还是爱浅红的好。

江畔独步寻花七绝句（其六）

杜 甫

黄四娘家花满蹊^①，千朵万朵压枝低。
留连戏蝶时时舞^②，自在娇莺恰恰啼^③。

☀**注解**
①黄四娘：杜甫住成都草堂时的邻居。蹊（xī）：小路。
②留连：同"流连"，即留恋，舍不得离去。
③自在：自由，无拘无束地。娇：可爱的。恰恰：形容鸟叫
的声音和谐动听。

☀**诗意**
　　黄四娘家周围的小路旁开满了花，千朵万朵鲜花把枝条
都压得低垂了。蝴蝶在花丛中恋恋不舍地盘旋飞舞，自由自
在的黄莺在花间不断欢唱。

鹭鸶

杜 牧

雪衣雪发青玉觜^①，
群捕鱼儿溪影中。
惊飞远映碧山去，
一树梨花落晚风^②。

注解

①觜（zuǐ）：同"嘴"。
②一树梨花：对白色鹭鸶的比喻。

诗意

　　河边的那群白色鹭鸶就像是穿着白色外衣一样，那青色的小嘴被映衬得仿佛是青玉雕刻而成，它们一起在河里捉鱼、玩耍，些微响声就会被惊得四处纷飞，它们隐入山林的白色影子好像是被晚风吹落的梨花一样。

鹤

杜　牧

清音迎晓月[1]，愁思立寒蒲。
丹顶西施颊[2]，霜毛四皓须[3]。
碧云行止躁[4]，白鹭性灵粗。
终日无群伴，溪边吊影孤。

☀注解
①清音：清越的声音。
②西施：西施本名施夷光，春秋末期出生于中国绍兴诸暨苎萝村。
天生丽质。中国古代四大美女之首，是美的化身和代名词。
③四皓：即商山四皓，秦时隐士，汉代逸民。他们居住在陕西商山
深处的四位白发皓须、德高望众、品行高洁的老者。
④躁：性急，不冷静。

☀诗意
　　黎明时分，天空半弯残月，一只丹顶鹤孤独地站在水边的芦苇
旁，不时发出嘹亮的吟唱声。它头顶的肉冠就像西施的脸颊一样红
艳美丽，身上的羽毛就像商山四皓的胡须一样洁白。天空的白云好
像耐不住寂寞似的飘来飘去，那些白鹭也不怎么安静，只有这只孤
零零的丹顶鹤优雅地站在那儿，仿佛是在欣赏着自己的倒影。

51

蔷薇花

杜牧

朵朵精神叶叶柔，
雨晴香拂醉人头。
石家锦幛依然在①，
闲倚狂风夜不收。

❋注解

①石家锦幛：晋朝富豪石崇设置五十里长的锦步障。锦幛，色彩鲜明的华丽的幛子。

❋诗意

盛开的蔷薇花散发出迷人的芳香，那满满一墙的花朵仿佛一道华丽的步障般让人沉醉。即使一阵狂风袭来，它们依然从容绽放，哪怕是在夜里，它们也尽情开放。

鸳鸯

杜牧

两两戏沙汀，长疑画不成。
锦机争织样②，歌曲爱呼名。
好育顾栖息，堪怜泛浅清。
凫鸥皆尔类，惟羡独含情。

❀注解
①沙汀（tīng）：水边或水中的平沙地。
②锦机：织锦的织机。

❀诗意

    鸳鸯成双成对地在沙汀上嬉戏，画家担心画不出它们动人的神态，织锦工匠争着要把它们织在锦缎上，歌曲中也喜欢用它们美丽的名字。只见它们彼此互相照顾着在清清的水面休息，仿佛有无形的感情在牵挂着彼此，和凫鸥等其他鸟类相比，也只有鸳鸯能让人心生浓情啊。

齐安郡后池绝句

杜 牧

菱透浮萍绿锦池[1]，　夏莺千啭弄蔷薇。
尽日无人看微雨，　鸳鸯相对浴红衣[2]。

☀ **注解**

①菱：菱科一年生浮叶水生植物。
②红衣：这里指鸳鸯红色的羽毛。

☀ **诗意**

　　菱叶穿透满池的浮萍高挑出水，夏日的黄莺在枝繁叶茂的蔷薇间放开百啭的歌喉。这一天还有谁像我一样百无聊赖？凝望着微雨中的池塘，还有双双相对的鸳鸯，在洗浴红艳艳的羽毛。

入关咏马

韩愈

岁老岂能充上驷[1]，力微当自慎前程。
不知何故翻骧首[2]，牵过关门妄一鸣[3]。

☀ 注解

①上驷：上等的马，良马。

②骧（xiāng）首：比喻意气轩昂。

③妄：胡乱，不合情理。

☀ 诗意

　　老马怎么能充当好马呢，既然年老力弱，应该小心才是，不知道为什么要做出意气轩昂的样子，在过关门时还胡乱地叫上一通。

春 雪

韩 愈

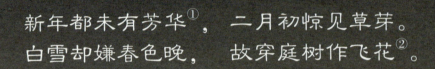

新年都未有芳华^①，　二月初惊见草芽。
白雪却嫌春色晚，　故穿庭树作飞花^②。

☀ **注解**

①芳华：芬芳的鲜花。
②庭树：花园里的树木。

☀ **诗意**

　　新年已经来了，却还看不到芬芳的鲜花，直到二月里，开始惊喜地发现草儿萌发了绿芽。春雪反倒抱怨春花迟迟都未开放，就干脆替它在院子里的树木间作花飞舞。

菊

郑谷

王孙莫把比蓬蒿[1]，
九日枝枝近鬓毛[2]。
露湿秋香满池岸，
由来不羡瓦松高[3]。

☀注解
[1]王孙：泛指贵族子孙，古时也用来尊称一般青年男子。蓬蒿：飞蓬和蒿子，借指野草。
[2]九日：指的是农历九月九重阳节。
[3]瓦松：一种寄生在高大建筑物瓦檐处的植物。

☀诗意
　　那些四体不勤、五谷不分的公子王孙啊！莫要把菊同蓬蒿之类的野草相提并论。太阳初升，丛丛秀菊，饱含露水，湿润晶莹，明艳可爱；缕缕幽香，飘满池岸，令人心旷神怡，它从来不会去羡慕高高在上的瓦松。

桃花一簇开无主，可爱深红爱浅红。

——《江畔独步寻花七绝句》（其五）

65